뜨거운 가슴이고 싶다

새미현대시선 14

뜨거운 가슴이고 싶다

| 초판 1쇄 인쇄일 | | 2013년 1월 18일 |
| 초판 1쇄 발행일 | | 2013년 1월 19일 |

지은이		강문규
펴낸이		정구형
출판이사		김성달
편집이사		박지연
책임편집		정유진
편집/디자인		이하나 이원숙 윤지영
마케팅		정찬용 권준기
영업관리		천수정 심소영
인쇄처		미래 프린팅
펴낸곳		새미

등록일 2006 11 02 제2007-12호
서울시 강동구 성내동 447-11 현영빌딩 2층
Tel 442-4623 Fax 442-4625
www.kookhak.co.kr
kookhak2001@hanmail.net

| ISBN | | 978-89-5628-611-2 *04800 |
| 가 격 | | 12,000원 |

뜨거운 가슴이고 싶다

저자 강문규

새미

이 문집을 삼가 나의 어머님

金英姬 여사께 바칩니다

저자 강문지

또랑또랑한 내 유년시절

빛바랜 사진 속 어머니와 함께

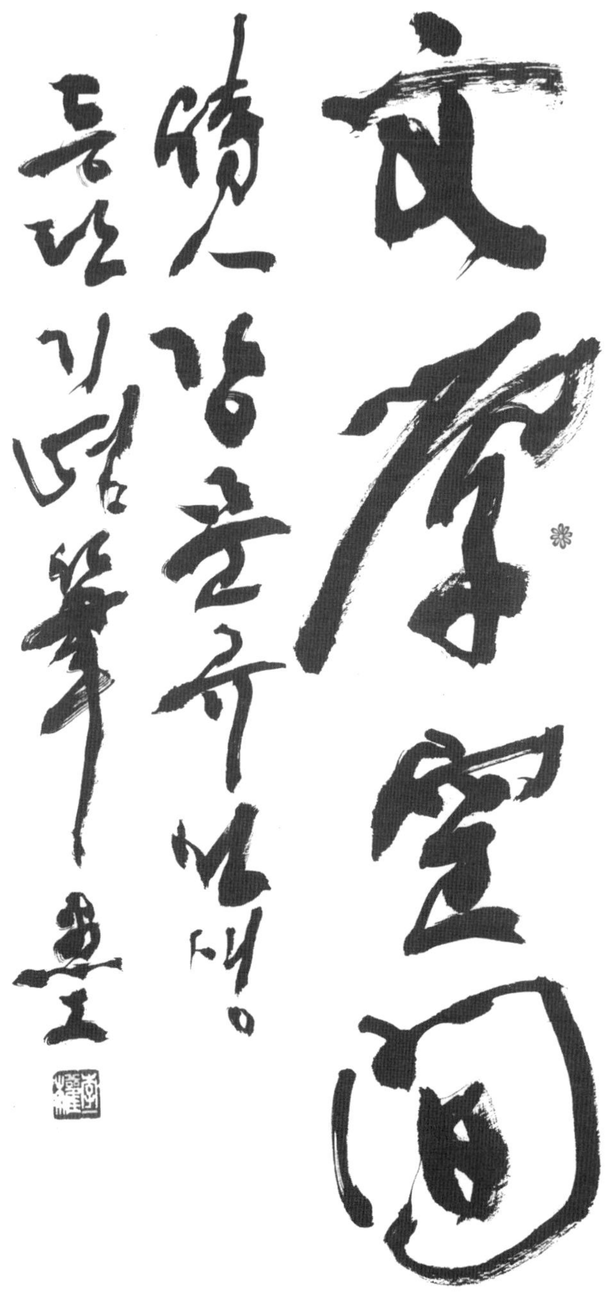

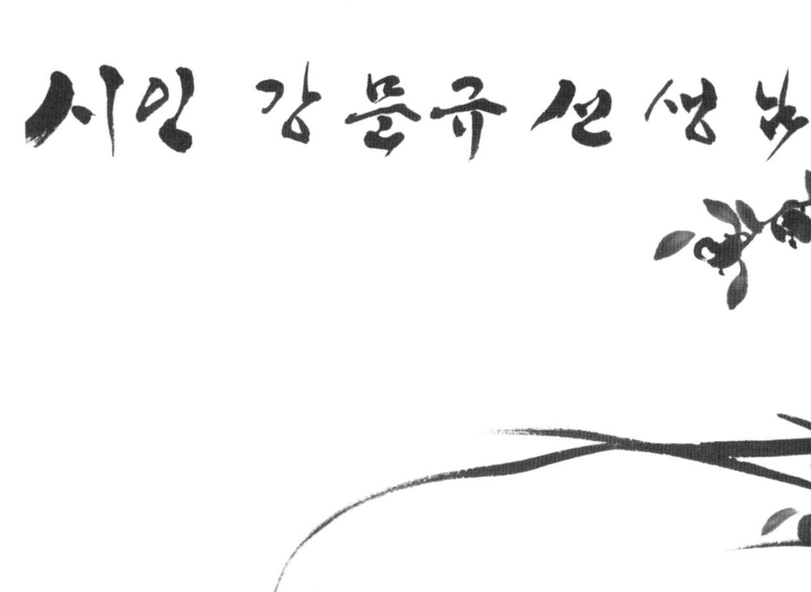
시인 강통규 선생님

단 한 연 축 하 연

· 제4회 대한민국 남북통일 세계예술대전 특선 ·

송암 강문규 선생은 한평생 교직생활을 하면서도 유달리 문화와 예술에 대해 애정을 품고 살아왔다. 그는 수십 년에 걸쳐 주말이나 방학이 되면 국내 유명 서화가들을 찾아 전국을 누비고 다녔다. 그래서 그는 고서화나 골동품을 감정하는 안목이 전문가 수준이다.

그는 또 한국의 전통 가곡을 좋아한다. 회식 자리에서는 사철가 사랑가 등을 뽑아 흥을 돋우는 것을 보면 아마추어 수준을 넘어 프로의 경지에 이른 듯 보인다.

이렇게 멋을 아는 송암 선생이 지천명의 나이에 문단에 데뷔를 하고, 신인문학상을 수상하여 주위를 깜짝 놀라게 하더니 이번에 또 정년퇴임에 즈음하여 시집 『뜨거운 가슴이고 싶다』를 출판한단다. 나는 그의 끊임없는 열정에 아낌없는 박수를 보낸다.

송암 선생은 학창시절 문예반 활동을 하면서 전교생 가운데 여러 차례 장원을 했단다. 이제 그 같은 문학적 소양이 뒤늦게 발동이 걸려 '대기만성'이라는 단어가 사

실임을 증명해 보이려 하고 있다. 모쪼록 그의 여생이
시와 더불어 사는 학과 같은 삶으로 이어지길 바란다.

2013년 1월 11일
심정문학 회장 고흥진

내 인생 가치실현 반려로서의 나의 詩

내 금번 정년을 맞아 정다운 선의의 이웃들에 의해 등 떠밀리듯 詩라고 명명하기조차 어줍잖은 그간의 습작들을 모아 시집을 내게 되어 우선 부끄러움이 앞선다.

하지만, 이를 계기로 부족한 대로 잠시 가던 길을 멈추고 경건하면서도 편안한 마음으로 난생 처음 지금까지의 삶을 뒤돌아보고 이정표 삼아 인생 나그네로서 앞으로 걸어가야 할 길을 가늠해 보기로 한다.

프랑스의 유명한 시인 생텍쥐페리의 "야간비행"이란 소설 속에 비행사는 비행 전 반환점을 설정해 놓고 살아서 돌아오기 위하여 수시로 오일 탱크를 점검 확인해야 한다는 수칙에 대하여 언급한 대목이 있다.

그렇다면 우리 인생 여정에서도 누구나 각자의 삶 속

에 분명 더 이상 넘어서는 안 될 반환점이란 게 있다고 봄이 옳지 않을까.

그 시점은 비행사의 경우처럼 예측하긴 좀처럼 어렵다 하더라도…….

내 올해 지천명의 고개를 넘어 이순이 된 나이, 생각해 보면 지난 유년시절이 바로 엊그제였던 것 같은데 내가 어느새 여기까지 왔나 하여 실제 믿기지 않을 만큼 황당한 생각도 조금은 없진 않지만 이제 현실이니 어쩌랴.

나는 여기서 인생은 자갈길처럼 미끄러지며 유통화폐처럼 유통됐다는 어떤 분의 말이 떠올라 새삼 세월(시간)의 의미에 대하여 생각해 본다. 그간 유년시절부터 교직생활에 특별한 의미를 부여하고 주력했던 청·장년기를 거쳐 지금까지 겪었던 일들과 여러 기억들은 마치 파노라마처럼 뇌리를 스쳐간다. 아니 때로 행복했고 때로 우울했던 기억들 하나하나까지도…….

그러나 그것들은 아쉽게도 이미 바닷물 속 움켜 쥔 손

안에서 스멀스멀 빠져나간 모래알들처럼 기억 속에서 아슴한 감각으로 남아 있을 뿐이다.

내 경우 문학의 근원적인 모티브로서의 만남의 범주를 보다 구체적으로 든다면 제일 먼저 모태로서의 어머니를 들 수 있지만 이외에도 지금껏 살아오면서 나의 삶을 지탱하게 해준 수많은 인간적 만남, 즉 좋은 인연들이 모두 여기 실린 졸작들은 물론 앞으로 내가 써나가게 될 내 문학적 토양이요 중요한 모티브이기도 하다.

그러나 본인의 경우 능력이 많이 모자라 위에서 언급한 대로 심원한 문학의 신화적 성격에 다가가기는 실로 너무나 가난하다고 스스로 자인하면서 대신 남은 인생을 문학을 통한 현실 지향적 가치에 두기로 전제한다면 그것은 한 마디로 감히 공동선의 실현이라고 말하고 싶다.

그래서 이 머리말의 맨 끝은 다음과 같이 마무리하고자 한다.

"혼자서 꾸는 꿈은 글자 그대로 한갓 꿈에 불과하지

만 여럿이서 함께 꾸는 꿈은 뒷날 우리 모두를 위한 희
망의 저력이 될 수 있다고……."
　　금번 이 줄 시집을 펴내는데 도움을 주신 여러분과 원
로 작가님들께 이 자리를 통하여 고개 숙여 진심으로 감
사의 인사를 올린다. 그리고 끝으로 이 자리를 통해 고
난과 역경 속에서 긴 세월을 우리 가족을 위해 헌신한
사랑하는 나의 아내에게 감사한 마음을 전하고 존경하
는 어머님께 큰절을 올린다.

서기 2012년 12월 교직을 마무리하면서

저자 강 문 제

·목 차·

구룡사

굽이진 세월의 물살을 곱게 가르고 있는
구절산 토굴 대웅전
누구나 마음속에 소원 하나 품고
이곳을 다녀간다네

야생들 숨소리
유유자적한
하늘 맞닿는 구룡사

실체 없는 몸과 마음을
송두리째 벗어
사알짝 절 마당에 느긋이 내려놓고
경내를 돌아보니
자연 그대로인 포대화상 저편
숲길 따라 미륵의 은은한 미소가 보인다

뜨거운 가슴이고 싶다

양 어깨 짓누르던 속세에 무거움도
한시름 사라지고
순간
정화된 마음
지상의 홀가분함으로 합장을 하네

언제나
마음 내키면
머물던 자리를 박차고
이곳에 머물다 가라 하시는
진명 큰스님의 지극한 사랑에

문득
나로부터 없었던 나를
있지 않는 것으로부터 눈 뜬
마음속에 상서로운 기를 느꼈네

지금도
눈 감으면 보인다네
자비의 구룡물결 일렁이는
공주 신풍면 입동리에 자리한
구룡사가

성불사

태조산은 여전히 적료 속에
말없이 서 있어 고즈넉하네

세속과 선계를 오가는
처마 끝 풍경
그리운 얼굴
동화 속으로 곱게 피어오르네

지난날 이곳에서
온갖 시름 번뇌 떨치고
담소를 나누던
옛 선생님 모두 어디에 계실까

아! 지금은 가고 없는
공허한
하늘 위로 그들의 모습
저리도 선연한가

십일월 싸늘한 냉기를 등에 업고
경내를 돌아보니
암벽 일면에 부처의 미소
내 작은 불심 자비로이 넘쳐라

신성한 법당 앞에 경건히 머리 숙여
청정한 마음으로 합장하니
쪽빛으로 열리던 무구한 하늘
영험한 빛 가득하여라

註 — 천안 패조산

뜨거운 가슴이고 싶다

無念의 꽃
– 신분과 나이를 초극한 사랑

1

조선시대 여류시인 운초 김부영
가난한 선비의 무남독녀로 태어나
열 살 때 부친을 여의고 어쩔 수 없이
퇴기의 수양딸로 입적 기녀의 길을 걷다
평양 감사 김이양의 총애를 받아
김이양의 부실이 되어
아내로서 지켜야 할 법도를 지켜
초당마마라는 존칭을 받았다
마지막 운초가 남긴 말
'내가 죽거든 대감 마님이 있는
천안 태화산 기슭에 묻어 주오'
세상에 단 한 사람의 정인으로 살다가
김이양이 별세한 후
광덕산 양지바른 기슭에서 잠들다

2
2001년 辛巳年 正月
장석의 한정선 박정희 선생들과 同 학년모임 산행 중
님의 묘소 앞에 참배를 하고
詩 한 수 읊조려 보네

엄동설한의
도화 빛 고운님이시여
화사한 모시적삼 외씨버선발 나빌레라
아지랑이 피어오를 듯
눈부신 관능미
내 시야의 화면을 가득 채우고 있는
님이시여
이 지상의 모든 이의 정신세계에서
눈꽃처럼 빛나는 무념의 꽃이여
영혼 불멸의 꽃이여

향수
— 노을을 바라보며

한때
섬광에 눈이 부셔
문고리 잡고 차마 열어 보지 못한
무기력했던
젊은 날의 노스텔지어여

이제는
비우고 비워 낸
마음인 줄 알았는데

세월 끝자락에서
산 능선에 걸려 있는 노을처럼
아련한 미련 붙잡고 있는
이 마음을 누가 탓하랴

눈 감고 지우고 지운
여러 해 지난 오늘에도

임에 대한 그리움은

노을 고움이
선연한 붉은 빛 되어
내 가슴을 사로잡고 있네

記行

— 시카고 뮤지컬

삼은초등학교
상반기 워크숍을 떠나는 날
전 교직원들과 관광버스를 타고
화성 기아자동차 회사에 견학

광활한 50만 평의 평원에
우뚝 선 미래의 혁신 대한민국

기아에서 새로 출시될 모델 나인은
시속 250킬로미터로 질주
가슴 뭉클한 비천이었다

신길동 빕스에서 저녁 만찬 후
오페라 하우스에 도착

전 세계 밀리언셀러를 기록한
서양 속의 동양

시카고 뮤지컬
유혹과 증오의 살인까지
숨 막히는 두 여죄수의 연기력은
용광로 속처럼 뜨거웠다

여배우들의 매혹적인 몸짓과 재즈의 향연은
원색 정열의 섹시한 율동 그 자체였다

긴장 늦출 수 없었던
긴 시간의 사색을 채우는 멋진 밤을
교우들과 함께한 보람을 느끼며
양평 숙소로 이동 중
壬辰年 올 한해 가뭄에
간절히 바라던 금쪽같은 비가
쏟아지고 있다

우리 민족의 종교 문화를 찾아서

1

한반도의 중심

산줄기에 자리한 큰 산

가까이에 바다가 있어

바다의 안개를 마시고 토해내는 모습 같다 해서

토암산

9월 밝은 햇살 아래

일주문 앞에서 합장을 하고

냉기를 살짝 품은 숲길을 지나

산자락에 오른다

우리 삼은초등학교 꿈나무들

삼삼오오 짝지어

까르르 까르르 하하하

웃음꽃 가득 피어나니

산길이 맑아 아름다운 경치로구나

산은 산대로 좋고
물은 물대로 좋아라
소나무 참나무 그늘 숲
참 맑아
그 향기에 무거운 마음 정화되니
필경
극락정토가 여기일세

2

석굴암은 세계의 문화 유적지로써
동양 예술의 극치로 손꼽는 곳이다
그 중에서도 11개의 얼굴을 가진
미태美態의 십일면관음보살상은 보존불과 함께
최고의 걸작으로 평가를 받고 있다
다양한 종교의 수행자들이 이곳을 찾는다

신라 천년 그대로

산 나무
바다의 수중왕릉이라 불리는
문무 왕릉도 있다

사면이 바다
명당자리도 아닌
망망대해에
그의 영혼이 잠들어 있다

삼국통일을 이룩한 신라 30대 왕
문무왕은 그가 죽으면서 불교식 장례에 따라 화장하고
동해용이 되어 침입하는 왜구를 막겠다고
유언을 남겼다

아마
그의 영혼은 용의 몸이 되어
동해로 침탈행위를 하려는

왜구를 막고 있을지도 모른다

문득
불국사의 십일면관음보살을 친견한 듯
나의 뇌수 안에 희뜩희뜩 형언할 수 없는
밝은 기운이 힘차게 솟아오르는 瑞氣를 느끼며
가을 매력적인 한 낮에
불국 정토 사랑 느끼면서
교장 교우 및 꿈나무들과 정담 나누며 조용히 하산하였네

식탁 위의 메모장
— 새벽기도 나서는 아내에게

참 고마운 당신
365일
긴 긴 날
낮은 그 자리에서
못난 지아비와 자식을
위해 열심히 살아주는
당신이 고맙소

여보
요즈음
제법 날씨가 쌀쌀하구려
새벽길 나설 때 감기 걸리지 않도록
속옷 따뜻하게 잘 챙겨 입고 다니시구려

아내가 예뻐 보인 날

괜찮아
쐐기 같은 아내이지만

언제나
내 귓전에
콕 쏘는 바늘침 같은 당신 소리
수십 년
노래처럼 들었지요

한눈 팔며 헛되이 세월 보낸
속물 같은 못난 지아비 곁에서
묵묵히 바라봐 준 사실만으로도 고맙고
당신을 그윽한 茶 향기처럼 느끼고 살지요

오늘은 당신이
내가 좋아하는 청국장을 끓여 놓았네요
왜 그리도 당신이 어찌나 예뻐 보였던지

뜨거운 가슴이고 싶다

마음속으로

"여보 당신 사랑해" 하면서

맛있게 먹고 출근했지요

학교 점심시간에도

어찌나 청국장 생각이 또 나던지

오늘 저녁 밥상에도

당신 사랑으로 끓여주는

情이 가득 담긴 청국장을

또 먹고 싶네요

아내에게

뜨거운 가슴이고 싶다

결혼생활 어언 30년
미운 정 고운 정은 밤하늘 은하수 강을 이루고
이 눈치 저 눈치 세월은 둥그런 무리를 짓고
휘영청 달무리로 높이 떠있구려

다홍빛 곱던 청춘 어느 샛길로 다 떠나가고
덩그러니 허수아비처럼 나 당신 앞에 서 있소

여보
당신을 바라만 보아도 가슴 그득 채워지는
달빛 닮은 조용한 나의 아내여

비록
당신에게 보잘 것 하나도 없는 가난한 남편일지라도
당신을 향한
내 영혼은 태양처럼 뜨거운 가슴이라오

지금
당신과 나 함께 나눌 수 있는
기쁨과 행복을 당신은 애써 마음의 문을 닫아 걸고 어찌
하여
고개 돌려 외면만 하려 하시나이까

지난날의
잠깐씩 스치던 바람에 눈시울 붉히고 한걸음 움츠려
오해가 횡행하던 날들은 이제 다 잊으시구려

여보
우리가 처음 만났을 때
내가 당신에게 당신이 또한 내게서
영원한 사랑을 느꼈던 처음 그 마음 그대로
다시금 내일의 꿈을 품고
당신을 위한 그림을 그리겠소
당신을 위한 노래를 부르겠소

우리 가족 무너지지 않는 단단한 사랑 탑을 쌓으며
당신과의 해바라기 사랑으로 꽃을 피우겠소

여보
당신은
내 인생 마지막 목숨이 다 하는 그 순간까지
내 안에서 건강하게 살아야 하는
나만의 소중한 아내입니다

여보
당신을 사랑하오
진정 사랑하오

뜨거운 가슴이고 싶다

그리움

내 먼 기억 속에는
아직도
정산 마치리 뜰 안에
유년의 앵란을 좋아하던
긴 머리 고운 미소가 살아있다

살금살금
해질 녘 노울 빛에 숨어
봉긋한 앞가슴
차마
눈 뜨고 바라보지 못하고
애꿎은 머릿속만 긁적긁적이던
부평초처럼 뿌리 없던 여러 날들
반평생 훌쩍 넘긴 오늘
가만히
눈을 감고 생각해 보니
느낌이 참 좋았던 한때였다

지금도 그런 백목련 닮은

어여쁜 누이가 있었으면 얼마나 좋을까

뜨거운 가슴이고 싶다

매화

영창에 비치는 연분홍 입술
새 아씨 곧은 순정
저리도 고와라

머언 산
소소리 바람에 고개 돌려
달님 바라보는
저 어둠 짙은 창가에
두 눈빛 아름다워라

물끄러미 바라보는 나
차마 잠들지 못하는구나

매화 (1)

뜨거운 가슴이고 싶다

이른 봄
날쌘 바람에 가슴속
화안 이는 꽃이여

초연한 네 영혼
맑고 고와

내 가슴속에
무시로 피어나
나 미치나니

예민한 촉각이
잠 못 드는 내 영혼
고독의 불면증 같은
어여쁜 꽃이여

미래의 꿈나무

전에 없이 높푸른 하늘 위로
몇 점의 실구름이 흐르고
까치 날갯짓하는
교정 뒤뜰

오랜 기다림 끝에서
알알이 영글어 가는 은행알을 바라보며

문득
삼은학교의 자랑
미래 꿈나무들을 떠올려 본다

이를테면
다문화 글로벌 시대의
폭넓은 세상을 향한 우리 아이들은

어쩌면

컴퓨터 메시지보다
더 정확한 직관으로 받아드리는 忠信孝悌禮義廉恥에
성실한 수업태도 속에서
나는 보람의 기쁨을 느낀다

註 — 천안직산삼은초등학교

뜨거운 가슴이고 싶다

대지를 위한 연가

가뭄으로
고갈하다
지쳐 가는 대지의 아픔을
어이 할꼬

아
나는
저 작열하는
태양을 삼키고
저기 흘러가는 먹구름도
삼키리라

하여 다시금 내뿜어서

지구촌 구석구석에
금비 은비로
뿌려 주리리라

닭 옷 벗은 날

三界를 한결같이 왕관을 차지한
너는 무한한 삶의 벼슬살이
어둠이 침묵하는
아득한 대지의 꼬끼오 소리는
음기마저도 물리쳐 버리고
희망의 빛을 부르는 전도사이지

하지만
인간의 식용 대상으로
오늘은 또 어디로 팔려가
실체 없는 알몸이 되어
송두리째 벗겨져 인정사정없이 도살될거나

아
공허한 지상의 꼬꼬댁 꼬꼬
영혼의 용광로에 불타는
처절한 절규

뜨거운 가슴이고 싶다

비참한 절망에 가슴이 아프구나

이승의 마지막 고별사도 이별사도 없이
한 인간의 거친 손에 찢기어져
너는 한입 먹이 사슬이 되어
시공에 흩어지고 마는구나

우는 고양이

나른한 한낮에
산수유 그늘 아래서
꾸벅꾸벅 졸던 아기 고양이
화들짝 놀라 뒷걸음친다

학교 담벼락을 어슬렁거리는
우는 고양이
허드레 눈 빛 뜨겁다

그들의 시간 속에서
말로의 푸른 5월이 흐른다

바람도 눈이 부셔 그늘에 멈춰 서고
햇살 마저 나뭇가지에 기대는
푸른 시간

서로 마주하는

뜨거운 가슴이고 싶다

침묵 속에

윤기 촉촉한 눈빛은

그들의 밀탐일까 탐심일까

오라

분명코

너희들 목마른 사랑 때문일게다

가을 내장산
― 다 가져가시구려

산자락 붉은 열두 치마폭에
감춰진 산정의 약수
님의 입술만큼이나 오롯이 짜릿하더이다

여보게
자네도
잠시 무거운 발걸음 멈췄다가

약수 속에
10월 작열하는 태양의 빛과 뭉게구름이 흐르며
푸른 하늘이 펼쳐지고 바람이 살랑이는
가을을 느껴 보시구려

바로
님의 가슴속 속속들이 채워 넘치는
영혼의 향기를 느낄 수 있을 것이외다

뜨거운 가슴이고 싶다

여보게
산은 말이 없소이다

자네도 대한민국 단풍이 가장 아름답다는
가을 내장산 다 가져가시구려

오감 속 향기

일을 찾아다니다가
운동장 한 바퀴 뛰다가
어깨 힘 쭉 빠지는
초라함으로
나는 할 일도 못하고
수업 시간마저도 깜빡할 정도라네

교문 밖에는
나를 불러내는 손짓
내 손을 잡아당기는
너의 모습으로 뒤엉키어
또 다시 벌떡 일어나
그림을 그리다가
글를 쓰다가
에라 다 팽개쳐 두고
잠시 쉬어야겠다

오감 속 향기
뜨거운 가슴이고 싶다

눈을 감아 보지만
그 또한
나의 뇌수 안에 나는 없고
너만 가득하더라

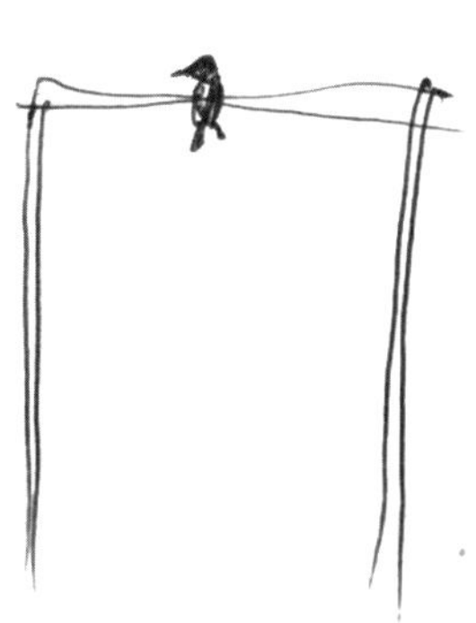

악바리 아지매

허름허름 오래된 낡은 울타리 안
오래된 감나무 우듬지 위에서
살모사처럼 똬리를 틀고 앉아
주변을 요리조리 살핀다
바람의
나뭇잎 바스락이는 소리에
오지락 속 앙큼 품은
교활한 긴 혀 놀림

세상 속
공격과 방어술도
일상에 나날이지만
맹렬하리만큼 우악스럽다
소음공해가 이만저만이 아닐세
그 울타리 밖에서
혼신을 곤두세운 핏발 선 눈빛의
불화살을 본다

뜨거운 가슴이고 싶다

언제

누군가에게 튈지 모를 불똥을

도시의 맑은 대기 속에서는 차마 볼 수 없는

지진 해일을 보는 듯하다

평퐁구름
― 방귀

무지근한 아랫배 창자 속
그 어디쯤에서
무쩍무쩍 항문 가까이로 밀려 나온다

몰래 살짝 실례를 하려 했지만
불현듯
펑 튕겨 나온다

공기 중에 유독기체는 아닐지라도
내가 서 있는 공간
무자비한 허공에 공해일세

순간
정신의 감정 피해를 끼쳐서
그대에게 미안하네

어쩌겠나

뜨거운 가슴이고 싶다

생리적 현상을

내 체면도 이만저만이 아닐세

내일을 향한 빛이 되리라

아
뛰어야겠다
자리를 박차고 일어나
이제는 예전보다 더 긴장을 하고
생활과 치열하게 싸우면서…

결코 좌절하지 않는
지구상의 마지막 남은
초록빛 나의 연가
삶이여

비록 나 가난하여도
내 영혼은 1950년에 발효시켜
62년간 잘 숙성된
향기로운 삶

언제나

뜨거운 가슴이고 싶다

온 누리에 보이지 않는 빛으로
지구촌 모든 이들의 가슴에
따뜻한 사랑을 그득 채워 넘쳐 주리라

작은 사람아
바람 속 너른 세상 바라보지 말아요
지금
그대가 편히 머물 수 있는 그곳
그 알맞은 거리를 벗어나지 말아요

현충사 은행나무 길

한 낮에
투명한 푸른빛은 허공을 메우고
맑은 햇살은 차거운 대지를 품는다

노랑 낙엽 휘날리는 높은 하늘
뭉게뭉게 이는 흰 구름 사이로
그리운 이들의 얼굴이 보인다

찾아갈 곳도
행선지도 없다

무작정
우주 안에 혼자만 서 있는 듯한
외로움을 안고
조용히 가버린 지난날을
생각하며
이 거리를 걷고 있다

뜨거운 가슴이고 싶다

노란 길을 따라서
시간을 걷고 있다

그날

1980년 9월
짙은 먹구름 이는 하늘 아래
휘청이는 갈등 불안 초조

어디를 바라보고 서 있는지도 모르고
그저 다리에 있는 대로 힘을 주며
내가 서 있는 이 자리를 지키려고
안간 힘을 썼다

내가 죽도록 사랑을 부르짖던
춥고
외로운 날들이여

뜨거운 가슴
시린 눈물을 삼키며
한 발짝 두 발짝 뒷걸음을 치며
현실 속에 미친 윤리 도덕의 뿌리를 캐고 있을 때

뜨거운 가슴이고 싶다

아
고갈된 대지 위에 비가 내린다
빛바랜 삶의 틀을 바로잡는 비가 내린다

지난날의 짓밟힌 상처 투성의 가슴을 씻기어 내리는
저 빗물은
나의 웅크린 심장을 이완시킨다

비로서
나는 눈을 뜬다
내 가까이 다가오는 또 다른 너의 숨결에
슬며시 이끌림을

잊을 수 없는 벗들

문득
잃어버린 어제를 찾기 위해
기억할 것을 기억하기 위해
이름을 불러본다

지구촌
어디에선가 잘 살아갈
김정희 지희영 그리고 민병협 이상식 윤재남
이 모두들의 기억을 불러 모으며
창백한
지난날을 어쩌지 못하여
내 가슴속에 그대로 그리움으로 담아둔다

그리고
언제나 옆에 있지 않아도
내 가슴속에 그대로 각인되어
쉽사리 망막에서 사라지지 않을

잊을 수 없는 벗들

뜨거운 가슴이고 싶다

서중규 정동산 작가 김영철 목사
석순경 송영수 천성근 교장 김정식 장학사 황익성 소장
윤문자 김영옥 이윤호 박경희 선생 박주성 실장

내가 가장 사랑하는 나의 제자들 이름 하나씩 호명해본다
태경 미래 현지 희도 다빈 창준 규태 도영 수현 도희
상협 유진 령인 한결 휘성 규성 수빈 수민 민서 하늘
예진 준형 현서 수영 나연 현진 지우 재림 유리 태현
병권 충민 건희 형주 민서 지수 한백 환희 성우 선민
바다 영주 승연 지은 현우 채린 한별
가까운 이웃나라 박행복 외 여러 선생들

나의 침상에서
이 글을 쓰는 밤
아파트 베란다 투명한 유리창 너머로
은하수가 흐르고 각기 다른 그들의 모습들이
가득 피어난다

순간순간
내 옆으로 다가오는
덧정을 떠올리며
나는 슬며시 미소를 머금어 본다

별과 달

별
멀리서 반짝
사랑스럽고 예쁘다

달
가까이서 바라볼 수 있어서
둘 다 아름답다

뜨거운 가슴이고 싶다

뜨거운 가슴이고 싶다

– 정년퇴임을 하면서

꿈나무 교육 37년

지난날을 반추하고

새로운 영력으로의 도약을 위해

그 모든 것들로부터 의무를 놓는다

이제까지 나는 본연의 나를 만나본 적이 없다

그냥 그대로 이정표를 따라 열심히 뛰었을 뿐이다

아니 그것이 나를 나답게 하는

유일한 길이라고 믿고 살아왔는지도 모른다

지금부터

업무상 끈과 직무의 사슬을 풀고

참 나다운 빛깔과 체취를 찾아서

나는 바다로 가 철썩이는 파도가 되리라

끝 닿지 않는 술렁이는 바람이 되리라

그동안

미력한 나를 믿어 주고 마음 베풀어 주신
교장 및 교우님들께 머리 숙여 큰절 올린다

지난 세월
무수히 가슴에 담아 두었던
부끄러움처럼 낯붉히던
말 못한 사연들이 없었다고는 말하지 않겠다

이제 이 모든 일들을 그리움 속에서
바람 햇빛 달과 별이 되어
내 나이 이순의 마지막 사랑과 꿈 행복까지
곱게 적어 바람편에 전하겠습니다.

달

달빛 맑은 날
창밖을 바라보고 있노라니
어머니의 얼굴
달빛만큼 고와라

점점 또렷이 들리는
어머니의 음성까지
나의 뇌수 안에 가득 차올라

지금이라도
어머니 계신 그곳으로 달려가
현관문을 열고
엄마
문규왔어요 하고
부르고 싶다

어머니 머리 위에 하얀 서리꽃이 피었네

1

선홍빛 곱게 단풍 든 앞산
구름도 쉬어 가는
나그네의 고향이어라

새벽에 일어나
서로 마주보는
우리는 외로운 친구

쌀쌀한 가을
하이얀 서리가 내려
아침 해는 더욱 빛난다

학교 월급에 매달리어 있는
샐러리맨의 하루는
늘 똑같다

어느덧
해가 저물면
산자락에 달이 걸려 있었다

아득한
옛 생각들이
눈앞에 펼쳐진다

물끄러미 곧추앉아
추억하면
어머니가 더욱 그리워진다

인생 가시밭길 헤쳐 온
내 어머니 머리 위에는
어느새

새하얗게 서리꽃처럼 곱게 돋아난

흰 머리칼은 천지만물의 이치 속
심오한 조화를 이루어낸
자연의 윤회성 작용이다

스노우 화이트
동화 속 나라
님프가 될 것만 같은
애니미즘 속 풍경이다

나지막히 흐르는 G선상의 아리아 협주곡처럼
포근하게 느껴지는
내 어머니 앙가슴을 바라보면
나는 어린 소년이 되어 옛날로 돌아간다

엄마 엄마
어릴적 부르던 엄마 엄마
육십이 넘은 이순의 나이에 이르렀지만

뜨거운 가슴이고 싶다

아직도 응석둥이처럼 엄마라고 부른다

가진 것 모두를 남에게 베풀어야만
지성이 풀리는 듯
요즘도 아파트 노인정에서 봉사의
4남매 가족 모두 잘 되기만을 바라며
불철주야 기도를 하고 계신다

시방
농묵처럼 번져 오는 어둠 속
뭉게구름 헤치고
별 하나가 슬며시 나타난다

하늘 저편에 하얀 미소

내 아버지의 별자리인가
별 하나가 나를 바라본다

어린 시절
내 아버지의 애정 어린
때로는 매섭게 바라보던
그 눈빛 같다

젊은 한 시절
뼈아프게 번 돈으로
내 가족보다
남의 가족 돌보기를 하늘처럼 하시다
세상 다 버리고 조용히 눈 감으신
아버지가 야속하고 섭해서 원망도 많이 했었지

하지만
이제 나는 다 이해할 수 있다

하늘 저편에 하얀 미소
뜨거운 가슴이고 싶다

벌거벗은 나무처럼 살다 가신
내 아버지의 영혼을

지금
하늘에서 사랑으로 바라보는 저 눈빛은
지난날의 가슴앓이 시킨 내 어머니에 대한
못다 한 그리움의 눈빛이라는 것을

佛土 어머니

뜨거운 가슴이고 싶다

낙목한천 오한을 잘 견뎌낸
어머니 머리 위에
허연 서리꽃은
지상의 최고 신비 아름다운 꽃이어라

그 무엇이 날 일으켜
어머니를 향해
한사코 글을 쓰게 하나

온종일 지루한 줄도 모르고
조롱 속 같은 아파트에 홀로 앉아
어머니를 생각하네

팔순이 넘도록 앞치마를 두르고
젖은 손 마를 날 없는 반평생
봉사의 일가친척들 돌아보기 한평생

부처님 오시는 날 사월 초파리일이면
산사에 찾아가서 자식들 잘 되게 해달라고
부처님 앞에 등불 밝혀
소원성취 발원하시네

오늘은
예수께서 십자가에 못 박혀 죽었다가
3일만에 부활했다는 4월의 마지막 주일
부활절

값싼 몇 푼의 월급에 매달려 있는
월급쟁이의 긴 시간을 멈춰 세우고
참회의 눈물로
수신 없는 영전에 편지를 쓴다

캄캄할수록 빛나는 별무리처럼
세월이 갈수록 생생해지는
지난날
내가 그렇게도 못나게 굴었어도
내게 후덕한 마음 베풀어 주셨던
유화한 성품을 지니신 성자와 같은 당신
당신의 관대함과 참다운 사랑 베풂을 이제서야 깨닫고

눈시울이 뜨거워지나이다

당신의 그 크나큰 후정과 기대를 저버린

못나기 짝이 없는 속물

눈물짓는 죄 아닌 죄를

가슴속 한 켠에 움켜쥐고

과거와 오늘의 시간을 돌이키며

당신 영전에 머리 숙여 큰절 올립니다

발현

내 붉은 가슴 속에
너의 푸른 가슴이 들어와 있다

긴 시간
너와 함께 했더니

어느날
너를 닮아 내 가슴도 푸르더라

발현
뜨거운 가슴이고 싶다

독백
― 성직자는 못 될지라도

우리 집
베란다 유리창을 통해 태양이 뜬다
거실 깊숙이 빛이 들어온다
그 빛을 바라보고 있노라니
가슴이 따뜻하면서 여유로워진다

그동안
그 무엇들이 나를
그토록
불안하게 초조하게
빨리빨리 재촉하게 하였는지

봄이 오는지
여름이 왔는지
가을이 가는지
겨울이 머무는지
신발창이 다 닳아버린 줄도 모르고

자연 속에
마땅히 누려야 할 행복도 놓치고 살았다

하지만
내 갖은 것이라고는
빈손뿐인 삶일지라도
스스럼없이 내 거실 깊숙이 들어오는
그 빛처럼
나도 나의 가족과 주변 사람들에게
고루고루 나눠 줄 수 있는
마음 넉넉한 사람이고 싶다

수취인 불명의 님에게

꿈속에서 보았습니다
어느 노을진 들녘에서
목마른 그대 촉촉한 눈빛을

그대 정녕 내게 올 수만 있다면
그대 정녕 나에게 사랑을 주신다면
나의 사랑은 오직 그대만을 향해 바라볼 것입니다
나의 사랑은 오직 그대만을 위해 노래할 것입니다
그대는 내가 사랑해야 할 오직 한 사람입니다
그대 사랑은 오직 나여야만 합니다

내 가진 것은 없지만
마음만은 남보다 더 더 부자입니다

내 가슴은 태양보다 더 더 뜨겁습니다
내 가슴은 바다보다 더 더 넓습니다

자 이제 아무 말하지 말고
회색빛 마음 활짝 걷고
내 손을 잡아요

노을꽃 피는 저 들녘으로
우리 함께 걸어요

목밀木蜜대추

너의 인생
달콤함의 실체
향기 어린 요정
뎅글뎅글 앙증스런 볼
발그레한 여른 입술
송이송이 구름송이 꽃처럼 피어올라
꿀같은 향기에 취한
가을 하늘도 군침을 삼키더라

우리 집 보물 제1호

이름은 강 지 연
1992년 아빠 강문규 엄마 안경자 사이에서
건강하게 태어났구나

너를 바라보면 생각이 지워지고
사랑에 눈을 멀게 하는
이렇게 이쁘고 사랑스러울 줄이야
너의 맑은 눈동자 별처럼 초롱초롱 빛나
주변을 환하게 밝히니
이는 하나님의 축복이오
태어났음의 감사함이어라

아가야 좀 더 자라서
아장 아장 걸어
아빠 품에 쏙
엄마 품에 쏙 안기는
귀여운 네 모습이 보고싶구나

뜨거운 가슴이고 싶다

지구에게

― 바이러스

공기 중에 유해 기체처럼
전염을 일으킨 존재

언제
어디서 극단의 테러가 일어날지도 몰라

이제 조용히 지구의 궤도를 벗어나 줄까

해마다
허리케인이 불어오듯
감기철마다 전염을 일으킨
죗값 떨구고
네가 살아 숨 쉴 수 있도록
우주 끝 영영 돌아올 수 없는
감옥에 몸을 가둔 채
죗값을 치룰까

푸른 빛 세상 지켜줄 수 있도록

내가 떠나가 줄까

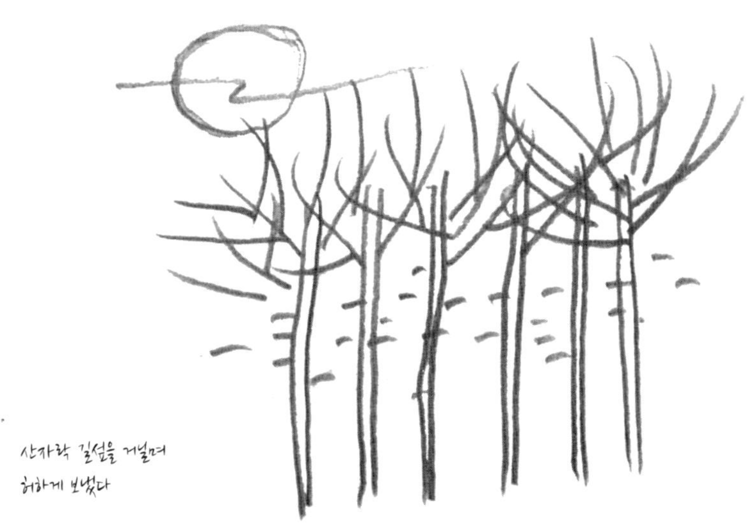

산자락 길섶을 거닐며
허하게 보냈다

뜨거운 가슴이고 싶다

단상의 춤

산 너머로 풍겨 오는
밀어가 바람에 실려
창가에 기대었다

유혹에
떠밀려 풍만했던
속살이 가슴속에 숨어버린다

강속구에 지친 떨림이
소용돌이에 잠재우며

우주가 흔들리는 구릿빛
지진은 태양처럼 타오르며
꺼지지 않는다

붙들고 매달려서
용솟음치는 분출은

끊임없이 흘러
대양을 물들이네

뜨거운 가슴이고 싶다

단상의 추 (1)

다원화된 이미지의 숲 속
바람이 콩그르는 긴 시간
사랑 별 영혼의 교감
절묘한 하모니를 이루는
현란함이여

아
밀물처럼 온 몸에 스며 흐르는
전율하고 전율한
사랑이여

언제나
밀영지 어둔 바다에
꽃구름 이는
비상의 숨결이여

단상의 추 (2)

시어로 대지위에
수십억만 개의 씨알을 뿌린다

봄 여름 가을 겨울 사계절
옹골차게 가지를 뻗고
쑥쑥
어여쁜 꽃으로 피어나리

훗날
너와의 고운 향기 마주할
참으로 기쁜 날 있으리라

뜨거운 가슴이고 싶다

목련꽃 닮은 숙모

봄 햇살에 목련이 필 때
이때쯤이면
작은 어머니의 모습이
선명히 떠오릅니다

지난날
한 눈 팔며 헛되이 보낸
하잘것 없는 나를
그래도 괜찮은 놈으로 인정
따뜻하게 마음 베풀어 주셨던
작은 어머니의 정이 그립습니다

인정이 물 사발에 넘치듯
고루고루 정 베풀어 주셨던
올곧으셨던 분
당신이 사셨던 공주 옥룡동엔
아직도 당신이 쓰셨던 옛 물건들과

당신의 숨소리 같은 벽시계만이
당신 없는 텅 빈자리를 지켜가고 있습니다

이제는
이 세상 저편 먼 곳에 계시기에
내 가슴속 심장 한 켠 그리움으로만 남았습니다

삶의 뒤안길에
얼룩 같은 후회의 속울음을 삼키며
당신 영전에 고개 숙여 절 올립니다

난초처럼 곱고 향기롭던 나의 丈母

언제나

뭇사람들 속에 늘 편안하고

알맞은 언어로 신념을 가지고 말하며

때로는 적당히 지존할 줄도 아셨던

곱던 丈母님의 모습을 떠올려봅니다

어머니

어머니를 꼭 닮은

맑고 투철한 영혼의 힘을 가진

나의 백년지기 아내가 있었기에

내 인생에서

루사 볼라벤 덴빈의 태풍 같은 역경도

거뜬히 이겨낼 수가 있었습니다

어머니

당신 살아생전에 자주 찾아뵙지 못한

불효 오늘에야 후회하면서

첫째 사위 머리 숙여
지난날의 기억을 불러 모으며
참회하고 번뇌합니다

한 해가 다 저문 12월 끝머리에서
당신의 영전에 감사의 메시지를 띄우며
어머니 감사합니다 감사합니다
당신의 영혼 하나님 곁에서 편히 머무소서

뜨거운 가슴이고 싶다

무망毋忘의 발자국
– 유갑석 고모부님 영전에

흙에 나서 흙으로 돌아가신

당신의 영혼은

영원한 시공 궤적 위에 원적을 두고

대자연의 섭리의 일부가 되어

낮에는 햇살로

밤에는 달빛으로

이승의 뜨락을

살포시 다녀가실 터이니

그 얼마나 반갑고 기쁜 일이 아니겠는지요

비 오는 날이면 빗방울로

유리창에 머물기도 하고

눈 내리는 날이면 순백 눈발로 오실

당신이 그립습니다

언제 보아도 높은 산처럼 과묵한

노년의 옥골선풍 같은 올 곧은 선비처럼 살다가

계룡산 현충원에

바로 이웃한 이태봉 곁에서
당신이 계시기에 덜 외로울 것입니다
국가를 위해 공헌 사명을 다하신 당신의 업적
무궁화 무공 화랑 훈장이 우리 후손은 자랑스럽습니다

봄이 오면
온 누리 푸른 보리밭 사이로
노고지리도 솟아올라
눈부신 태양을 등지고
햇살로 미소를 지으실 당신은
청룡사 부처님의 인연으로
차안에서 피안으로
극락왕생 성불하실 것이옵니다

餘情

— 대청호 가는 길

내 마음 저 달빛에 닿을까
생각에 생각 줄잡고
일탈의 무한 자유여

달리는 창밖으로
풀잎들이 드러눕고
이따금씩 들리는
나뭇잎과 나뭇잎 부대끼는 소리
가녀린 영혼들의 천년 세월 공그름여

가슴 그득 적셔
흐르는 강물 같은 시간이여

그대와 함께 노래가 되어
들녘에 가득 번지나니
이 순간이
얼마나 즐거움이더냐

그대와 함께

이무기 승천한 땅굴 속 걷고 있나니

그 얼마나 행복이더냐

내가 사랑하는 사람들

신현국 아천김영철 화정 김무호 허유정영진 김성규
김경희 청악이홍화 오해균 오문계 매산김선원
금강김우중 여천허천석 유근애 우반고종원 청암이명환
최광호 나태주 이용희 송뢰 김정한 권상기 정현 범진
원진 도만 승하 명진 청석 해원 조성화스님 홍종인
박익현 민완기 성기남 안병순 서대원 윤병두 손영만
김정숙 김기식 이후배 오황균 전미희 김영두 신현필
박재훈 김윤옥 이기서 장석구 오종만 조규성 이상필
류정순 박철수 이병식 윤석재 이영철 장동선

박종혁 장　인 송영숙 조남희 최종혜 민설기 박혜경
빈연자 가태숙 이종분 박경순 한순화 이인숙 홍회식
채희선 이경자 장석의 한정선 박정희 신영순 정미자
정숙경 이경하 윤영희 이충만 박광영 이진경 안인순
김순희 인연경 홍은숙 윤정자 양부영 김진희 장여정
유영진 임정빈 박호영 서은호 신승희 조보미 전은혜
조민재 성태천 윤명숙 최선아 김성봉 안은희 김지현

장석현 김인호 박현옥 고은영 김미영 조백민 임종수
이진영 이애란 황권선 최영숙 오창진 황인옥 최종균
이재열

김종환 장동선 박국현 김성수 김성진 김동준 장　진
임정배 오태만 김진국 윤여성 윤종균 배방남 오석재
조준경 조병두 이대희 이영환 김은혜 조성춘 유석태
문주철 이홍규 홍종만 홍성일 박태범 유병성 문용순
최성복 김기상 정진화 이태동 박혜숙 이원선 김용철
이창호 권지현 성호환 성현동 강성숙 김말영 김선관
김상석 이경희

권구도 김수희 김시복 김옥주 김윤영 백미경 엄태자
김태환 김민영 김정희 박은주 김경훈 김　창 김영수
문원희 문용원 변진섭 방경일 강은옥 조석순 서상천
이용헌 성시림 황순희 송민희 권지숙 유종옥 이원호
김임자 홍순란 이현자 김영돈 송송자 심경보 김성배

정　　균 윤병기 전문규 장사연 박근수 이우로 김지유
이정령 이준이 김대호 장명아 김문원 김병주 정원식
김민선 권수진 권구성 최병묵 김재현 오세부 김정화
이명종 오교수 공춘자 심영란 이미지 장효진 정승태
배소연 박팔만 지석란 임병오 김장우 김영은 김영인
김동미 유승식 전상진 김영조 김승민 조문구 이임복
윤화자 윤경자 여영자

김성달 편집국장 이 모든 분들을 사랑합니다

뜨거운 가슴으로 찾는 '나다움'의 길

윤성희 · 문학평론가

시집을 읽을 때, 한 시인의 삶의 행로 혹은 의식의 궤적을 발견하는 일은 어렵지 않다. 강문규 선생의 시집 『뜨거운 가슴이고 싶다』 초고를 읽으면서 시집이 곧 한 인생의 인덱스일 수 있겠다는 생각이 든 것도 그 때문이다. 과연 그의 시집에는 그가 엮고 맺으며 겪어온 60여 년 삶의 세목들이 새겨져 있던 것이다.

필자에게는 그가 사람은 물론 시로서도 초면이다(더 정확하게 말하자면 사람은 초면도 아니다). 그러나 출간하려고 하는 시집을 읽어보니 그가 어떤 사람이며 어떤 일상의

뜨거운 가슴이고 싶다

가치를 찾아가는 사람인지를 웬만큼은 알겠다. 시집에는 우선 그간 봉직해 온 학교의 정년을 앞두고 있는 1950년 생 초등학교 교직자이며, 새벽기도를 다니며 알뜰히 지 아비를 챙기는 아내와 함께 생의 '노을'을 바라보는 모 습이 드러난다. 정신없이 지나온 삶을 돌이켜 보면 비록 '빈손뿐인 삶일지라도' 주변과 더불어 마음 넉넉한 존재 로 살아가고픈 소박한 마음의 무늬가 펼쳐진다. 시인은 굳이 시에다 자신의 연보를 암호화하거나 생의 비밀을 숨은 그림으로 남겨놓을 의도가 없어 보인다. '네가 먹 은 음식이 곧 너다(You are what you eat)'라는 말처럼 시인 에게는 그가 쓴 시가 곧 그 자신이다. 부질없는 장식도 없고 시적 비밀로 위장한 말솜씨도 없다. 시집 『뜨거운 가슴이고 싶다』는 강문규 선생이 뜨거운 가슴으로 불씨 를 지피는 시와 삶의 에너지 충전소 같은 것이다.

　강문규 선생의 시는 생활의 시이다. 그의 시는 그의 생활의 언어적 변용이다. 그런 점에서 강문규 선생에게 시와 생활은 별개가 아니다. 시를 통하여 생활을 확장하 고 생활을 통하여 시를 창조한다. 그의 생활 속에는 우 정과 연대라는 시의 저수지가 있다. 가령, 내 가슴은 태 양보다 뜨겁고 바다보다 넓으니 "자 이제 아무 말하지 말고/회색빛 마음 활짝 걷고/내 손을 잡”(「수취인 불명의 님에게」)으라는 권유에서 우정과 연대의 일단을 읽을 수 있다. 누구에게나 손을 내미는 연대의 마음은 “너와의 고운 향기 마주할/참으로 기쁜 날”(「단상의 추 (2)」)에 대한 기대를 전제한다. 그는 그가 마주잡는 사람과 사람들 사이에서 번져나는 향기를 구한다. 이른바 향기로운 만남, 회색빛 어둠을 걷어내는 맑고 정갈한 교감은 어쩌면 시의 영역에 속할지 모른다. 바로 그 지점에 「내가 사랑하는 사람들」과 같은 작품이 있다. 이 작품에서는 줄잡아 200명이 넘는 인사들의 성명을 기입하는 것으로 시적 형상화를 대체한다. 강문규를 우주의 중심에 둔다면, 이들은 강문규를 중심으로 운행하는 수많은 행성들이다. 어쩌면 강문규라는 행성과 궤적을 같이하는 또 다른 행성일지도 모르겠다. 행성과 행성 사이에 가로놓여 있을 심연과 곡절은 애써 상상하지 않아도 무한대의 울림은 짐작이 가고 남는다. 그래서 「내가 사랑하는 사람들」이라는 작품에 새겨진 한 사람 한 사람의 이름은 그 자체로서 생활이며 역사가 되고 그것이 강문규의 생활과 역사에 맞물리면서 파동을 만들어 낸다. 그 우주적 파동으로 빚어진 시적 울림이라니.

그가 호명하는 이름들은 현재적 시간과 공간의 좌표

에 나란히 놓여 있는 존재이기도 하지만 「잊을 수 없는 벗들」에서 보듯 과거의 기억 속에 자리 잡고 있는 존재이기도 하다. 시인이 지금 이 시간 그들을 호출하는 이유는 "잃어버린 어제를 찾기 위해/기억할 것을 기억하기 위해"서라고 말한다. 아마도 시인의 '잃어버린 어제' 속에는 그가 기억해 두어야 할 인연의 파편들이 산산이 흩어져 있을 것이다. 시인은 기억의 지층에 켜켜이 스며들어 있을, 그가 벗이라고 이름 부르고 싶어 하는 우정의 대상들을 통해 흩어진 추억의 파편들을 끌어 모은다. 이들이 '뜨거운 가슴이고 싶'은 시인에게 마음의 온도를 높이고 시적 울림에 여운의 파동을 만드는 원자재일 것이기 때문이다. 그러나 어찌 이 원자재 창고에 벗들의 목록만 기재되어 있겠는가. "육십이 넘은 이순의 나이에 이르렀지만/아직도 응석둥이처럼 엄마라고 부"(「어머니 머리 위에 하얀 서리꽃이 피었네」)르고 싶은 어머니는 물론이고 이미 고인이 되어 있는 조모님, 숙모님, 장모님, 고모부님들도 시인을 중심으로 추억의 향기를 뿜어내는 인연조건들이다. 시인이 가족사를 떠올리며 주변 인물의 이름을 부르는 것은 좀 유별난 편이기는 하지만 그만큼 자신의 삶이 주변의 삶과 함께 엮이는 것이겠기 때문일 것이다.

　　이들과의 연대와 함께 시인의 삶이 연대하는 또 하나
의 강력한 존재는 아내이다. 시인에게 아내는 시인 자신
의 수평적 확장이기도 하고 그의 삶을 충전하는 거치대
이기도 한 것 같다.

　　　　참 고마운 당신
　　　　365일
　　　　긴 긴 날
　　　　낮은 그 자리해에서
　　　　못난 지아비와 자식을
　　　　위해 열심히 살아주는
　　　　당신이 고맙소

　　　　— 「식탁 위의 메모장 — 새벽기도 나서는 아내에게」
　　　　　　　　　　　　　　　　　　　　　　　부분

　　　　결혼생활 어언 30년
　　　　미운 정 고운 정은 밤하늘 은하수 강을 이루고
　　　　이 눈치 저 눈치 세월은 둥그런 무리를 짓고
　　　　휘영청 달무리로 높이 떠있구려

뜨거운 가슴이고 싶다

다홍빛 곱던 청춘 어느 샛길로 다 떠나가고
덩그러니 허수아비처럼 나 당신 앞에 서 있소

　아내는 남편이라는 기지국 반경 안에서 가장 강력한 호출부호를 가지고 있는 존재인지도 모른다. 그런 아내이지만 날이면 날마다 목화솜 같이 부드럽고 편안한 존재로 지낼 수 없는 것이 현실이다. "콕 쏘는 바늘 침 같은 당신 소리"(「아내가 예뻐 보인 날」)에 아파하기도 하고 "잠깐씩 스치던 바람에 눈시울 붉히고 한걸음 움츠려/ 오해가 횡행하던 날"(「아내에게」)을 괴로워하기도 했을 터다. 그럼에도 "무너지지 않는 단단한 사랑 탑을 쌓으며" 서로가 상대를 해바라기하는 것이 또한 부부 아닌가. 그래서 시인은 "바라만 보아도 가슴 그득 채워지는" 아내를 위해 또 한 번 사랑을 결심하며 아내에게 바치는 연가를 쓴다. 나는 이것이 시라고 생각한다. 울고 웃고 부대끼며 청국장("당신 사랑으로 끓여주는/情이 가득 담긴 청국장")같은 냄새를 견디며 발효의 시간을 기다리는 것, 아픈 곳이 몸의 중심이 되는 이치처럼 아파하는 배우자를 자신의 중심으로 받아들여 공감하는 것, 스스로 사슬이 되어 해방으로 나아가는 자아를 각성시키는 것, 그 런 마음씀의 자리에서 시는 태어난다고 생각한다. 그래서 강문규 선생은 생활 속에서 시를 쓰고 있다고 말하는 것이다.

　이쯤해서 표제시인 「뜨거운 가슴이고 싶다」를 읽어보는 게 좋겠다. '정년퇴임을 하면서'라는 부제가 붙은 대로 정년퇴임에 즈음한 시인의 심경이 날것으로 드러나 있다. 날것이긴 하되 그냥 날것이 아니라 한 존재의 생의 여정, 특히 37년에 걸친 교직의 길에 대한 반추와 남은 미래에 대한 자기 비전이 여과되어 있는 날것이다. 2연에서 그는 그 삶의 여정을 단 네 줄의 성찰로 요약한다. 그것은 처절한 자기부정이기도 하다.

　　이제까지 나는 본연의 나를 만나본 적이 없다
　　그냥 그대로 이정표를 따라 열심히 뛰었을 뿐이다
　　아니 그것이 나를 나답게 하는
　　유일한 길이라고 믿고 살아왔는지도 모른다

　천직이라고 믿고 나아갔던 세월일 것이니 왜 안 그렇게 생각하겠는가. "그것이 나를 나답게 하는/유일한 길"

이라는 믿음이 없었다면 어찌 가능했던 삶이었겠는가. 맹목의 시간은 그 누구의 잘못도 허위도 아닌, 지나가고 나서야 보이는 반추의 시간이다. 세상사람 누구에게라도 예외 없이 주어진 운명의 매뉴얼일 터이고, 한 세월을 살아가는 모든 의식 있는 존재가 마침내 도달하는 반성적 지점을 위한 조건일 것이다. 전 인생의 굵은 맥락에서 보면 2연에서 보여주는 바와 같은 자기부정은 리타이어retire를 준비하기 위한 의식의 통과의례이자 건강한 마침표를 위한 하나의 쉼표에 불과하다.

> 지금부터
> 업무상 끈과 직무의 사슬을 풀고
> 참 나다운 빛깔과 체취를 찾아서
> 나는 바다로 가 철썩이는 파도가 되리라
> 끝 닿지 않는 술렁이는 바람이 되리라

　　3연은 지금까지 시인을 둘러싸고 있던 실존적 조건으로부터의 해방선언이다. 은퇴를 뜻하는 리타이어retire는 타이어를 갈아 끼우는 것이다. "참 나다운 빛깔과 체취를 찾아서", 새롭게 업그레이드된 버전을 만들어 가기 위해서 지금까지의 의식과 시각을 재조정하는 것이다.

"이정표를 따라 열심히 뛰"던 안전한 시설도로를 벗어나고 싶은 것이다. 그러나 그가 가고자 하는 길은 길이 아니다. 노선도 방향도 없는 파도의 길이고 바람의 길이다. 그리하여 "바다로 가 철썩이는 파도가 되"고 "술렁이는 바람이 되리라"는 것은 '사슬'을 풀고 나아가고 하는 자유지향의 출사표이다. 지금까지 믿어왔던, "나를 나답게 하는/유일한 길"이 하나의 '사슬'이었음을 깨달은 자의 자각은 '~가 되리라'는 강력한 의지를 동반한다.

앞으로 시인의 의지가 '나다움'의 길을 인도할 것이다. 바람처럼 유유자적하면서도 파도처럼 무거운 집중력을 갖는다면 '나다움'의 길을 어렵지 않게 찾을 수 있을 것이다. 나는 리타이어를 하는 시인에게 퀄리티 타임 quality time을 가질 것을 권한다. 틈틈이 비워 둔 시간과 여유, 자기만의 세계에 몰입할 수 있는 시간이 퀄리티 타임이다. 퀄리티 타임이 '나다움'의 길에 동행할 것이다. '구룡사'를 찾아서 가다 보면 길이 보이지 않겠는가.